Analyse de l'œuvre

Par Natalia Torres Behar

Le Maître et Marguerite

Mikhail Bulgakov

lePetitLittéraire.fr

Analyse de l'œuvre

Par Natalia Torres Behar

Le Maître et Marguerite

Mikhail Bulgakov

lePetitLittéraire.fr

Rendez-vous sur lepetitlitteraire.fr et découvrez :

Plus de 1200 analyses
Claires et synthétiques
Téléchargeables en 30 secondes
À imprimer chez soi

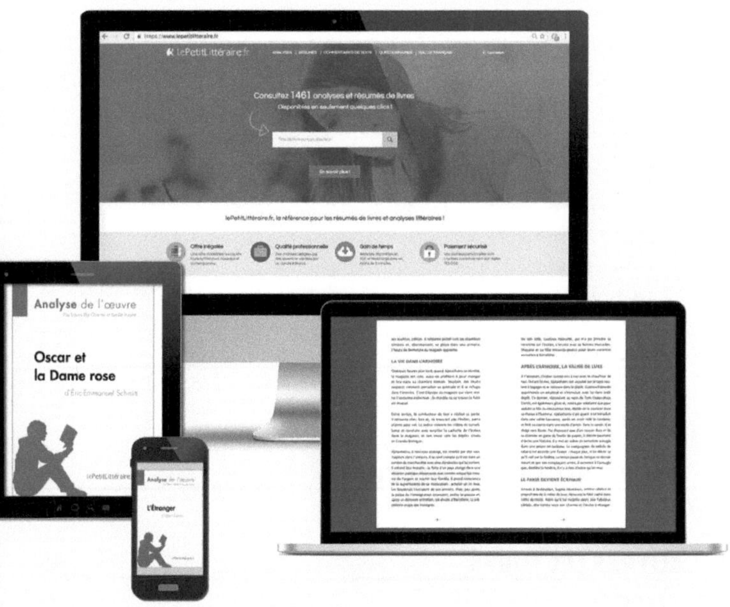

MIKHAIL BULGAKOV

ÉCRIVAIN ET MÉDECIN RUSSE

- **Né à Kiev (Empire russe, actuelle Ukraine) en 1891.**
- **Décédé à Moscou (URSS, actuelle Fédération de Russie) en 1940.**
- **Travaux notables :**
  - *La Garde blanche* (initialement publié en série en 1925), roman
  - *A Country Doctor's Notebook* (histoires publiées individuellement pour la première fois dans les années 1920), recueil de nouvelles
  - *Ivan Vasilievich* (1965), pièce de théâtre
  - *The Heart of a Dog* (traduction anglaise publiée pour la première fois en 1968 à la suite de la large circulation illicite d'exemplaires russes censurés ; publié officiellement en russe en 1987), roman

Mikhaïl Bulgakov était l'un des sept enfants d'un professeur et d'une ancienne enseignante, tous deux descendants de membres éminents du clergé orthodoxe russe. Cet environnement familial lui inculque un amour pour la lecture et les études dès son plus jeune âge, et à l'école il lit les œuvres de Nikolai Gogol (écrivain d'origine ukrainienne, 1809-1852), Aleksandr Sergeyevich Pushkin (auteur russe, 1799-1837), Fyodor Dostoyevsky (romancier et auteur de nouvelles russe, 1821-1881) et Charles Dickens (auteur anglais, 1812-1870), ce qui lui donne un goût marqué pour la littérature mondiale. Il étudie la médecine à l'université, puis travaille à l'hôpital militaire de Kiev. En sa qualité de médecin, il est envoyé au front pendant la Première Guerre mondiale (1914-1918), et échappe de justesse à la mort à plusieurs reprises.

En 1919, après que l'Armée rouge communiste a eu envahie la République populaire ukrainienne nouvellement formée, Bulgakov est envoyé au Caucase où il commence à travailler comme journaliste. Pendant cette période, il laisse sa famille derrière lui car ils déménagent à Paris pour échapper aux ravages de la révolution russe, tandis que lui est forcé de rester derrière parce qu'il a contracté le typhus pendant la guerre. Il décide alors de s'installer à Moscou et d'abandonner la médecine pour se consacrer à sa véritable passion, l'écriture. Il trouve un emploi dans le département littéraire du Comité central de la République pour l'éducation politique, et écrit parallèlement des pièces de théâtre qui sont d'abord appréciées par Staline (dirigeant soviétique, 1879-1953), qui le défend contre ses détracteurs. Cependant, sa chance tourne vite et le régime commence à désapprouver son travail, considéré comme insuffisamment engagé politiquement car il ne vénérait pas les héros soviétiques et leurs exploits. Ses écrits sont donc censurés à partir de 1929.

Bulgakov devient désespéré et écrit à Staline pour demander la permission d'émigrer, mais cela lui est refusé, bien que le leader soviétique promette de le protéger de la prison et de la mort. Par conséquent, Bulgakov fait face à de sérieuses difficultés financières dans ses dernières années : bien que sa vie ne soit pas en danger, il ne trouve personne qui veuille bien publier son travail. En effet, beaucoup de ses travaux, souvent critiquant ou parodiant le système soviétique, ont été seulement publiés à titre posthume.

Quand Bulgakov meurt d'une maladie des reins en 1940, il est pauvre, déprimé et pratiquement inconnu. En 1967, sa femme Yelena Bulgakova décide de publier *Le Maître et Marguerite*, sur lequel il avait passé des années à travailler et sur lequel sa réputation repose en grande partie. Avant la publication de ce roman, il n'était pas particulièrement célèbre en Russie et pratiquement inconnu ailleurs dans le monde, mais il est maintenant reconnu comme l'un des auteurs russes les plus importants du 20e siècle.

LE MAÎTRE ET MARGUERITE

UN ROMAN SATIRIQUE DE GRANDE ENVERGURE ET D'UNE INVENTIVITÉ ÉBLOUISSANTE.

- **Genre :** roman
- **Edition de référence :** Bulgakov, M. (2010) *Le Maître et Marguerite*. Londres : Vintage.
- **1ère édition :** 1966-1967
- **Thèmes :** l'interaction entre le bien et le mal, les failles humaines, la vérité, la liberté spirituelle.

Il semble presque miraculeux que *Le Maître et Marguerite* ait un jour été publié puisque son auteur a brûlé le manuscrit et l'a réécrit à plusieurs reprises. Il était toujours inachevé quand Bulgakov est mort, et il n'a été accepté par un éditeur que plus de 27 ans après sa mort. C'est un roman très inhabituel qui raconte trois histoires interconnectées : celle de Ponce Pilate, qui rencontre et persécute Jésus à Nazareth, l'histoire d'amour d'un homme et d'une femme, et l'histoire de la visite du Diable à Moscou.

Au fur et à mesure que le roman avance, le lecteur commence à comprendre comment les trois histoires sont liées, et il est entraîné dans un récit absurde et humoristique, rempli d'aventures et de réflexions philosophiques et théologiques qui révèlent les secrets les plus sombres de l'humanité.

<u>Le cadre du roman</u>

On croit que l'ancien appartement de Bulgakov est le cadre de nombreux épisodes du roman. Pour cette raison, pendant les années 80 et 90, le bâtiment a attiré des groupes de satanistes de Moscou et des fans de Bulgakov qui voulaient suivre les traces de leur idole. Aujourd'hui, l'appartement abrite un musée consacré à l'écrivain.

Les trois histoires du roman s'entremêlent tout au long du récit. Cependant, par souci de clarté, nous avons résumé dans cette section les événements clés de chaque histoire séparément.

LA VERSION DES ÉVÉNEMENTS DE PONCE PILATE

Un vendredi matin, Ponce Pilate se réveille avec un sentiment de malaise exacerbé par la chaleur étouffante et l'odeur irritante de l'huile de rose. Il veut juste rester tranquille, mais ce n'est pas possible car il doit interroger un homme nommé Yeshoua Ha-Notsri, qui a été condamné par le Sanhédrin (le tribunal législatif et judiciaire juif suprême de Jérusalem), et décider de son sort.

Yeshoua est accusé d'avoir incité le peuple à détruire le temple de Jérusalem, mais il affirme que ce n'est pas le cas et qu'il a été mal compris. Ce malentendu est principalement dû à l'un de ses disciples, Matthieu le Lévite, qui a consigné toutes les actions de Yeshoua sur un morceau de parchemin. Malheureusement, la plupart de ce qu'il a écrit est incorrect. Par exemple, si Matthieu prétend que Yeshoua a appelé à la destruction du temple, ce qu'il a dit en réalité, c'est que le temple de l'ancienne foi tomberait et laisserait place à la vérité.

Pilate veut aller au bout des choses, mais il finit par avoir une longue conversation avec l'homme, qu'il trouve intéressant. Il arrive à la conclusion qu'il n'est rien d'autre qu'un philosophe errant qui a prêché dans la région, mais qu'il a quelque chose à voir avec les récents troubles à Jérusalem. Au moment où il s'apprête à le libérer et à l'exiler de la ville, son secrétaire lui remet un second document contenant de nouvelles accusations. Plus précisément, le document affirme que quelques jours auparavant, Yeshoua a rencontré un homme appelé Judas de Karioth et a insulté César. Yeshoua tente d'expliquer que ce qu'il a vraiment dit : un jour viendrait où personne n'aurait de pouvoir sur personne. Cela met Pilate en colère, qui le condamne à la crucifixion car, en tant que Procureur de Judée, il ne peut permettre à quiconque de dire du mal de César. Après coup, il se sent coupable car il y avait quelque chose en Yeshoua qui l'attirait, même s'il semblait dangereux.

LE DIABLE VIENT À MOSCOU

Ce volet de la narration se déroule en Russie en 1930. Berlioz, le président du club littéraire MASSOLIT, se trouve dans un parc avec un jeune poète nommé Ivan Nikolayich Poniryov, qui écrit sous le pseudonyme de Bezdomny, pour discuter de son nouveau livre sur Jésus. À ce moment-là, un homme étranger se joint à leur conversation. Lorsque la conversation tourne autour de Dieu et du Diable, Berlioz assure à l'homme étranger que l'on peut parler de ces choses à Moscou, car ses habitants sont tous athées et ne croient pas à ces concepts.

Mais l'étranger n'est pas d'accord : il affirme que Dieu et le Diable existent et qu'il les a vus. Berlioz pense que l'homme est fou, mais décide de l'amadouer et lui demande de prédire sa mort. L'étranger s'exécute, et sa prédiction s'avère exacte : quelques instants plus tard, alors que Berlioz est sur le point de dénoncer l'étranger aux autorités, il est renversé par un tramway et décapité, comme il l'avait prédit.

Ivan, désespéré et effrayé par la tournure des événements, tente de poursuivre l'étranger afin de le remettre à la police, mais il ne parvient pas à l'attraper et le voit s'enfuir avec trois autres personnages, dont l'un semble être un énorme chat. Il est pris d'une volonté farouche de les retrouver et cherche dans toute la ville, mais finit par être interné dans un asile parce que personne ne le croit quand il raconte ce qu'il a vu.

Pendant ce temps, le mystérieux étranger, connu sous le nom de Woland, arrive à l'appartement de Berlioz et décide d'y emménager avec sa suite, qui comprend l'étrange homme-chat, dont le nom est Béhémoth, un homme grand et mince appelé Faggot, et un homme aux cheveux roux et aux crocs saillants appelé Azazello.

Faggot, qui semble être l'assistant de Woland, parle à Stepa Likhodeyev, colocataire de Berlioz et directeur du Théâtre des Variétés, et le force à signer un contrat avec Woland pour un spectacle de magie noire qui doit avoir lieu au théâtre le lendemain. Stepa est alors immédiatement et inexplicablement envoyé à Yalta.

Le spectacle de Woland est fascinant, terrifiant, chaotique et calculé à parts égales, et est largement considéré comme l'événement le plus étrange jamais vu à Moscou. De l'argent tombe du ciel pour que le public le ramasse, et les femmes peuvent échanger leurs vieux vêtements contre de nouvelles robes. Lorsque Bengalsky, le présentateur, prétend que le tour est basé sur l'hypnose, Faggot et Behemoth lui coupent la tête et la remettent en place.

> *« "Cet homme", Faggot désignait Bengalsky, "commence à m'ennuyer. Il fourre son nez partout sans qu'on le lui demande et gâche tout le spectacle. Qu'est-ce qu'on va faire de lui ?"*
>
> *"Coupez-lui la tête !" dit une voix sévère.*
>
> *"Qu'est-ce que tu as dit, hein ?" fut la réponse immédiate de Faggot à cette proposition sauvage. "Lui couper la tête ? C'est une idée ! Béhémoth !", cria-t-il au chat. Fais ton travail ! » (p. 146).*

Le public est à la fois fasciné et terrifié par ce qu'il voit. Les autres responsables du théâtre de Stepa, Rimsky et Varenultha, ne savent pas ce qu'il est devenu et lorsqu'ils tentent de le joindre, on ne trouve ni lui ni le contrat qu'il a signé avec Woland. Lorsque le public quitte le théâtre, les robes des femmes se défont et l'argent se transforme en papier sans valeur, ce qui plonge Moscou dans le chaos et le désordre.

La situation n'est pas plus claire dans les autres institutions culturelles de la ville. Les fonctionnaires se mettent soudainement à chanter et ne peuvent plus s'arrêter, les directeurs et les gestionnaires disparaissent et sont remplacés par des costumes sans tête qui se déplacent tout seuls, et de plus en plus de personnes se retrouvent aspirées par le chaos.

Pendant ce temps, Ivan est toujours en convalescence à la clinique et tente de rédiger un récit des événements dont il a été témoin afin de pouvoir les rapporter à la police. Cependant, ses tentatives pour raconter cette histoire deviennent de plus en plus alambiquées et confuses. Une nuit, il reçoit la visite d'un autre détenu de l'asile, qui lui raconte qu'il a été envoyé là pour avoir écrit un roman sur Ponce Pilate il y a un an et que sa vie n'a jamais été la même depuis. Le vrai nom de cet homme mystérieux n'est pas révélé ; tout le monde l'appelle simplement « le Maître ».

L'HISTOIRE DU MAÎTRE ET DE SON AMANT

Le Maître est un ancien historien qui a également travaillé comme traducteur puisqu'il connaît cinq langues étrangères. Après avoir gagné une importante somme d'argent à la loterie, il décide de réaliser son vieux rêve : écrire un roman sur Ponce Pilate.

Un jour, le Maître voit une femme qui marche dans la rue, des fleurs jaunes à la main qui contrastent avec son manteau noir. Elle est très belle, mais ses yeux semblent indiquer une grande solitude. Le Maître commence à lui parler, et tous deux ont rapidement l'impression de se connaître depuis toujours et d'être faits l'un pour l'autre. Le seul problème est que la femme, qui s'appelle Marguerite, est mariée.

Lorsque le Maître termine son roman, il le présente à un éditeur qui le rejette. À partir de ce moment, sa vie devient de plus en plus confuse : bien que son roman ait été rejeté, les critiques en parlent dans les journaux et l'accusent d'être un croyant naïf. Il commence à devenir fou et a l'impression d'être serré par les tentacules d'une pieuvre. Un jour, il est pris de panique et brûle son roman.

Quand Marguerite voit l'état dans lequel il se trouve, elle décide de quitter son mari et dit au Maître que le lendemain, elle sera avec lui pour toujours. C'est le dernier souvenir du Maître avant qu'il ne soit interné dans une clinique psychiatrique.

Le jour suivant, Marguerite part à sa recherche mais ne le trouve pas. Elle ne comprend pas ce qui s'est passé, et les mois qui suivent sont les pires de sa vie. Elle passe tout l'hiver à pleurer, car elle ne peut pas le chasser de son esprit et ne sait même pas s'il est vivant ou mort.

Un jour, alors que le chaos provoqué par Woland secoue Moscou, elle se réveille avec le sentiment que quelque chose va se passer. Elle monte dans le bus, aperçoit au loin les funérailles de Berlioz, et un homme aux cheveux roux et aux crocs s'assoit à côté d'elle. Ce n'est autre qu'Azazello. Bien qu'elle l'ignore d'abord, Azazello laisse entendre qu'il a des informations sur le Maître, récite une partie de son roman et l'invite à dîner le soir même. Marguerite accepte parce que l'étranger a mentionné le Maître. Il lui donne une crème qu'elle doit appliquer avant le dîner et lui indique comment se rendre au lieu de rendez-vous.

Marguerite est optimiste quant à la nuit qui l'attend. Après avoir pris un bain et appliqué la crème, elle est immédiatement convaincue qu'elle est une sorcière. Elle en est heureuse, ainsi que de la découverte qu'elle peut voler sur un balai, invisible aux yeux de tous. Elle s'envole vers le dîner, mais pas avant d'avoir détruit le bâtiment qui abrite tous les écrivains qui ont gâché la vie du Maître.

Elle arrive enfin à l'appartement désigné à Moscou et trouve Faggot qui l'attend. Il lui dit qu'il y a un bal très important auquel lui et ses proches assistent toujours, et que son maître a besoin d'une reine. De plus, cette reine doit s'appeler Marguerite, et elle était la seule candidate convenable qu'ils ont pu trouver. Marguerite accepte cette proposition et est présentée au maître de Faggot, qui s'avère être Woland. Bien qu'on ne lui en dise pas plus, elle sait immédiatement qu'il s'agit du Diable.

Le bal est une affaire opulente, luxueuse et extravagante, et de nombreux personnages célèbres figurent parmi les invités. Parmi eux figurent des pécheurs et des criminels tels que Jules César (souverain romain, vers 100-44 avant J.-C.), Caligula (empereur romain, 12-41) et Messaline (troisième épouse de l'empereur romain Claude, vers 20-48), ainsi qu'une foule de rois, de ducs, de gentils-hommes, de meurtriers, de voleurs, de persécuteurs, de traîtres et de suicidés. Ils arrivent en descendant par la cheminée dans des cercueils, et prennent d'abord la forme de cadavres ou de crânes avant de se transformer en personnes habillées en tenue de soirée comme il se doit.

À la fin de la nuit, Woland demande à Marguerite de nommer sa récompense pour ses services, et elle lui demande de ramener le Maître. Woland exauce son souhait et elle est réunie avec son bien-aimé, qui pense d'abord qu'il a des hallucinations et qu'il est redevenu fou.

Woland demande à Marguerite ce qu'elle veut de plus, et elle lui dit qu'elle veut retourner à la vie paisible qu'elle appréciait avant. Bien que Woland accorde son souhait, il n'est pas heureux avec sa décision, et envoie Azazello pour donner au couple le vin empoisonné qu'il a reçu comme un cadeau de Pontius Pilate. Le Maître et Marguerite boivent le vin et leurs corps physiques meurent, tandis que leurs âmes sont transportées à leur « maison pour l'éternité » (p. 431), où ils resteront ensemble jusqu'à la fin des temps.

<u>**La vie imite l'art**</u>

Comme le Maître, Bulgakov a brûlé la première version de son roman, et plus tard l'a réécrit pas moins de huit fois. Les critiques ont soutenu que le Maître partage un certain nombre de similitudes avec l'auteur lui-même. Il y a néanmoins au moins une différence clé entre eux : tandis que les dernières années de Bulgakov ont été marquées par la maladie et la pauvreté abjecte, le Maître trouve la paix éternelle auprès de la femme qu'il aime.

ÉTUDE DE CARACTÈRE

WOLAND

Woland est un homme étranger mystérieux qui semble pouvoir être anglais ou allemand, et qui prétend être professeur et connaître la magie noire. Il est riche, manipulateur et exceptionnellement puissant. Ses véritables intentions ne sont jamais claires, mais il semble aimer semer le chaos et la confusion. Même son apparence est entourée de mystère, car les gens le décrivent différemment : certains disent qu'il est petit, qu'il a des dents en or et qu'il boite légèrement du côté droit, tandis que d'autres affirment qu'il est grand, qu'il a des dents en platine et qu'il boite du côté gauche, et d'autres encore disent qu'il n'a aucun signe distinctif particulier. Sa véritable apparence est la suivante :

> « Quant à ses dents, il avait des couronnes en platine du côté gauche et en or du côté droit. [...] Il semblait avoir un peu plus de quarante ans. Une sorte de bouche tordue. Rasé de près. Cheveux foncés. L'œil droit était noir, l'œil gauche, pour une raison quelconque, était vert. Sourcils noirs, mais l'un plus haut que l'autre. » (p. 16)

LE MAÎTRE

Le Maître, dont le vrai nom n'est jamais révélé, est un historien et un écrivain d'une érudition exceptionnelle. Il est aussi profondément incompris : son roman est constamment rejeté et dénigré, ce qui le rend fou et le conduit à être interné dans un asile. C'est un homme calme, épris de paix, et l'amour de Marguerite est sa seule raison de vivre.

MARGUERITE

Marguerite est une femme belle et intelligente d'environ 30 ans. Elle est mariée à un riche ingénieur militaire qu'elle n'aime pas, n'a pas d'enfants et trouve sa vie de femme au foyer ennuyeuse et déprimante. Sa vie change lorsqu'elle rencontre le Maître et en tombe éperdument amoureuse. Elle devient alors forte et résolue, et est prête à tout faire pour l'homme qu'elle aime, y compris devenir une sorcière et organiser une fête avec le Diable.

FAGGOT

Faggot, également connu sous le nom de Koroviev, est un membre de la suite de Woland, et semble lui servir d'assistant et de traducteur. Il est décrit comme un homme de grande taille avec une moustache et des lunettes cassées, qui porte toujours une veste ou un pantalon à carreaux. Il a l'air d'un bouffon, qui aime faire des blagues et semer la confusion.

BÉHÉMOTH

Béhémoth est un chat noir géant qui peut parler, marche sur deux pattes et est capable de prendre forme humaine à volonté. Lorsqu'il prend forme humaine, il est plutôt grassouillet, porte une casquette usée et parle d'une voix stridente et ronronnante. Ses passe-temps favoris sont de jouer aux échecs, de boire de la vodka et de jouer avec des pistolets. Il est moins respecté que les autres disciples de Woland, ce qui fait de lui le plus agressif et le plus sarcastique de tous.

AZAZELLO

Azazello est un autre des disciples de Woland, et son nom rappelle Azazel, un ange déchu qui apparaît dans la Bible. Dans *Le Maître et Marguerite*, c'est lui qui est chargé d'exécuter les actes les plus violents, notamment de battre et de tuer les gens. Il a des cheveux roux, des épaules larges et musclées, une grande bouche et des yeux exorbités.

IVAN NIKOLAYICH

Ivan est un jeune poète à l'air ébouriffé et aux cheveux roux qui va demander conseil à Berlioz au début du roman. Lorsqu'il est témoin de la mort de Berlioz et tente de le signaler aux autorités, il est pris pour un fou et interné dans un asile. Une fois sur place, il tente de convaincre le médecin de ce qu'il a vu, avant de se convaincre lui-même qu'il est vraiment fou et qu'il doit se rétablir. À la fin du roman, il n'a toujours pas quitté la clinique et est rongé par la tristesse chaque fois qu'il y a une pleine lune.

MIKHAIL ALEXANDROVICH BERLIOZ

Berlioz est un homme d'âge moyen, petit, dodu et chauve. Il est rédacteur en chef d'un important magazine littéraire et président du comité de gestion de MASSOLIT, l'un des plus grands clubs littéraires de Moscou. C'est un intellectuel intègre qui représente l'archétype de l'écrivain socialiste idéal, car son succès n'est pas dû à son talent, mais à sa volonté de suivre les règles et à son empressement à plaire.

STEPA LIKHODEYEV

Stepa Likhodeyev est le directeur du théâtre des Variétés et signe un contrat pour permettre à Woland de s'y produire. Après la signature du contrat, il disparaît mystérieusement, à la grande confusion de ses collègues du théâtre.

PONCE PILATE

Ponce Pilate est un personnage complexe et dramatique. Bien que nous apprenions seulement à son sujet par Woland et le livre du Maître, il est très clairement défini comme un personnage, à la différence du Ponce Pilate qui apparaît dans la Bible, qui est quelque peu unidimensionnel et dont les pensées, les sentiments et les croyances ne sont jamais apparents. Par contre, le Pilate de Bulgakov est réfléchi, sensible et empathique, et ne veut pas ruiner la vie de Yeshoua. Il est bien plus qu'un méchant qui inflige des souffrances simplement parce qu'il le peut. Il est timide et lâche, et va à l'encontre de ses meilleurs instincts pour ordonner l'exécution de Yeshoua après avoir appris que le prédicateur aurait insulté César. Après la mort de Yeshoua, il est rongé par le regret et les remords.

YESHOUA HA-NOTSRI

Yeshoua est un homme vertueux mais très naïf qui voit le bien dans tous les êtres humains, même ceux qui le battent et le persécutent. Aux yeux de Pilate, cela lui confère un pouvoir absolu et le rend impossible à contrôler : il est prêt à mourir pour ses convictions, garantissant ainsi qu'elles perdureront après sa mort. Il représente la liberté spirituelle absolue et le triomphe ultime de la justice.

FORMULAIRE

Genre : Satire ménippée

Le Maître et Marguerite est un roman difficile à classer car il présente des caractéristiques de satire, de fiction utopique, de fantaisie et d'écriture philosophique. En effet, la narration semble moins guidée par les événements de l'histoire que par les propres réflexions de l'auteur.

De nombreuses critiques ont décrit le roman comme une satire ménippée, un genre qui mêle des éléments sérieux et comiques et utilise un style moqueur et satirique pour critiquer les institutions, les conventions et les idées contemporaines (*Encyclopaedia Britannica*). Selon l'universitaire Ellendea Proffer (née en 1994), spécialiste de la littérature russe, le roman présente un certain nombre d'éléments typiques de ce genre :

- **Un mélange d'éléments sérieux et comiques, fantastiques et réalistes, dramatiques et comiques**. Ceci est particulièrement évident dans les fragments de l'histoire de Ponce Pilate, dont le ton est complètement différent de celui de la majeure partie du reste du roman. Il relate des situations irréalistes, absurdes et comiques. Par exemple, les désastres provoqués par Woland et ses complices à Moscou sont toujours décrits de manière amusante. En outre, en plus d'être plus sérieux et réalistes, les passages consacrés à

Ponce Pilate sont écrits dans un style plus noble et plus sophistiqué, avec des métaphores plus complexes et des descriptions plus détaillées. En revanche, dans les parties qui se déroulent à Moscou, le style est plus léger et plus humoristique, et reflète le langage quotidien.

- **L'utilisation non conventionnelle de l'espace et du temps et le manque de vraisemblance**. Bien que *Le Maître et Marguerite* contienne des références directes au décor de Moscou dans les années 1930, les événements et les personnes décrits sont totalement improbables.

- **Le traitement comique d'éléments mystiques et religieux**, comme le Diable détruisant une ville pour s'amuser et encourageant le lecteur à rire avec lui. De cette façon, des circonstances totalement absurdes sont utilisées pour explorer des questions importantes et profondes. Par exemple, Woland se fait passer pour un étranger et interrompt la conversation de deux inconnus dans la rue pour discuter du bien et du mal, de Dieu et du Diable.

- **Un mélange d'éléments philosophiques et fantastiques**. Bien que le roman ne manque pas d'action, ce n'est pas ce qui fait avancer le récit : le lecteur est emporté par ses réflexions prolongées sur des sujets philosophiques tels que le bien et le mal, la cupidité, l'avarice et l'obéissance.

- **Satire d'un large éventail de stéréotypes sociaux**. Le roman ne critique pas seulement le Moscou des années 30 et ses bureaucrates obéissants et soumis qui n'apprécient pas les vrais talents, mais aussi les habitants ordinaires de la ville, qui sont montrés comme étant cupides, superficiels et peu engagés dans la cause socialiste.

- **L'utilisation du paradoxe**, qui sert de véhicule à la parodie et à la critique. Par exemple, dans le roman, le Diable fait le bien et les communistes se laissent facilement convaincre par la promesse d'argent.

- **Un manque apparent d'unité et de cohérence et une tendance à paraître chaotique et désordonné**. Selon Proffer, cela est dû au fait que les auteurs de la satire ménippéenne ne croient pas que le monde soit rationnel et ordonné. Cela signifie que leur travail suit des règles différentes de l'écriture conventionnelle, en accord avec la croyance que si la réalité est désordonnée et sans signification, l'art devrait l'être aussi. Les liens explorés dans le roman de Bulgakov transcendent le temps et l'espace pour relier la Jérusalem d'il y a deux millénaires à Moscou en 1930. Cette relation est sans doute plus clairement indiquée à travers le personnage de Ponce Pilate, qui a de bonnes intentions mais devient un instrument du mal à cause de sa lâcheté. Ceci peut être comparé avec la situation dans l'Union soviétique et avec la propre expérience de Bulgakov, comme il a souffert beaucoup aux mains des bureaucrates qui ont causé le mal en suivant aveuglément les ordres. En effet, il était toujours déconcerté et inquiet par l'incapacité apparente de certaines personnes à sortir de leurs rôles préordonnés et à agir simplement comme des humains.

L'influence de Goethe

Le Maître et Marguerite a été fortement influencé par le *Faust* de Goethe (auteur allemand, 1749-1832), qui est lui-même basé sur une légende allemande bien connue. Selon cette légende, Faust était un savant prospère dont l'insatisfaction de sa vie et l'incapacité de trouver le vrai bonheur l'ont conduit à vendre son âme au Diable en échange de la connaissance et des plaisirs terrestres.

L'épigraphe du roman de Bulgakov vient du *Faust* de Goethe :

« *"Dis enfin – qui es-tu ?"'*

« *Ce pouvoir que je sers*

Qui veut à jamais le mal

Pourtant, il fait le bien pour toujours. » *(Première page)*

Structure

Le roman comprend trois histoires entrelacées qui sont liées entre elles par l'histoire d'amour du Maître et de Marguerite. Cependant, la relation entre ces trois histoires n'est pas toujours particulièrement claire :

> «*Le problème critique central posé par* Le Maître et Marguerite *est la présence de trois intrigues très difficiles qui s'entremêlent de façon si complexe que des*

correspondances et des parallèles apparaissent entre les personnages et les événements des intrigues séparées. Bulgakov donne des indices des relations voulues par ces parallèles, mais il complique les choses en mettant ses indices seulement à la fin du roman. » (Ericson, 1974 : 20)

Pour résumer, les trois volets du récit sont les suivants :

- L'arrivée du Diable à Moscou avec sa suite et les troubles que cela provoque, notamment l'internement forcé d'Ivan dans un asile.

- La relation entre le Maître et Marguerite, y compris leur rencontre, le rejet de son roman et son séjour ultérieur dans une clinique psychiatrique.

- L'histoire de Ponce Pilate, qui, comme nous l'apprendrons plus tard, est racontée à travers des fragments du roman du Maître. Cependant, ces parties du récit pourraient également être des scènes dont Woland a été témoin, puisqu'il répète à plusieurs reprises qu'il était là, et elles font également partie du roman qu'Ivan espère écrire.

Ces trois fils se rejoignent dans la deuxième partie du roman, quand Azazello s'assoit à côté de Marguerite dans le bus et lui dit de venir à une fête dans un lieu inconnu. Marguerite rencontre alors Woland, qui lui donne une seconde chance d'être heureuse avec le Maître et rassure l'écrivain en lui disant que son roman est bon. Cela trouble le Maître, qui dit à Woland qu'il a brûlé le livre. Woland lui dit alors : « Vous ne pouvez pas l'avoir fait. Les manuscrits ne brûlent pas. [...] Allez Béhémoth, donne-moi le roman » (p. 326). Cela établit aussi un lien entre le livre du Maître et le roman de Bulgakov, car même si l'auteur a brûlé son propre manuscrit et a vu son travail censuré pendant sa vie, il perdure encore des décennies après sa mort.

Les liens entre les différentes parties du roman sont également établis par les dates, puisque les sections consacrées à Ponce Pilate et à Moscou se déroulent toutes deux les vendredi, samedi et dimanche de la semaine de Pâques. En outre, le soleil et la lune jouent un rôle clé dans tous les volets du récit et semblent refléter les émotions des différents personnages. Enfin, il existe des liens entre les personnages des différentes parties du récit, comme le Maître et Yeshoua (qui, comme les lecteurs contemporains le savent, est maintenant connu sous le nom de Jésus). En tant que fondateur de la foi chrétienne, Yeshoua est un maître à sa manière, tandis que le Maître est également jugé injustement, comme Jésus, qui a été crucifié. Le personnage de Woland revêt également une importance exceptionnelle en termes d'unité structurelle, puisqu'il est présent dans les trois volets du récit, que ce soit en tant que spectateur ou en tant que moteur de l'action.

Style

Le Maître et Marguerite est un roman complexe qui se prête à un large éventail d'interprétations. En termes stylistiques, il se caractérise notamment par la combinaison d'éléments réels et surnaturels, et par l'utilisation de la parodie pour la critique sociale.

Comme nous avons discuté précédemment, l'histoire du Maître et Marguerite est le pivot qui maintient ensemble les différentes parties du récit. C'est aussi la seule histoire qui, du moins au début, semble réaliste et ne confond pas les attentes du lecteur. Cependant, on se rend vite compte que ces deux personnages sont le pont entre le monde réel et le monde magique ou surnaturel, qui sont mutuellement dépendants l'un de l'autre. En d'autres termes, la réalité ne peut exister sans sa contrepartie surnaturelle, et le surnaturel ne peut se manifester qu'à travers le monde naturel.

La présence du surnaturel joue donc un rôle important dans le roman, et elle est également liée à l'utilisation de la parodie par Bulgakov, qui est une présence constante tout au long du récit et nous aide à voir le socialisme et la religion avec des yeux nouveaux. En effet, en plus de se moquer des bureaucrates et du peuple russe, l'auteur parodie également l'orthodoxie religieuse.

Spécifiquement, Bulgakov parodie la relation de Dieu avec l'humanité selon l'orthodoxie chrétienne à travers les interactions de Woland avec le Maître et Marguerite. De la même manière que Jésus est le représentant de Dieu sur Terre, le Diable prend forme humaine pour se rendre à Moscou, où personne ne croit en lui, tout comme les Juifs ne croyaient pas en Jésus. En outre, le bal organisé par Woland a de nombreuses similitudes avec l'Eucharistie chrétienne, car Woland boit du sang et les invités réunis louent Marguerite comme si elle était la Vierge Marie.

Cette approche permet à Bulgakov de parodier et de critiquer tous les groupes sociaux, des croyants religieux avec leur foi aveugle dans leurs dieux aux dirigeants avec leur foi aveugle dans la raison et le communisme.

En termes artistiques, *Le Maître et Marguerite* défie le genre du réalisme socialiste et son accent sur la représentation des héros soviétiques. Aucun groupe n'est épargné par la moquerie satirique de Bulgakov : il ridiculise la police, les espions, les athées, les croyants religieux, les gens ordinaires, les intellectuels et les bureaucrates. Son roman rend hommage à l'imagination et à la fantaisie, qui étaient toutes deux étouffées dans le monde soviétique, et célèbre le lyrisme et l'hyperbole, rejetant ainsi ouvertement l'idée socialiste selon laquelle tout art devrait avoir un but social clair.

On pourrait même dire que Bulgakov se moque et défie ses lecteurs, qui s'attendent à une histoire cohérente et unifiée qui peut être expliquée de manière plausible, mais qui reçoivent à la place une collection de fragments parodiques et désordonnés.

<u>Le saviez-vous ?</u>

La chanson des Rolling Stones *Sympathy for the Devil* a été en partie inspirée par *Le Maître et Marguerite*.

L'interaction entre le bien et le mal

Étant donné que les raisons pour lesquelles le Diable vient à Moscou ne sont jamais tout à fait claires, sa présence peut être interprétée de plusieurs façons. Par exemple, il pourrait être là pour rappeler aux humains que non seulement le mal existe, mais qu'il est une condition préalable à l'existence du bien. Le roman démontre que le bien et le mal ne peuvent être compris qu'en opposition l'un à l'autre, ce qui signifie que nous devons faire l'expérience du mal pour apprécier le bien. Ce thème est repris à de nombreuses reprises au cours du récit, et reste pertinent aujourd'hui encore.

La lumière et l'obscurité, le soleil et la lune, sont mis en opposition à plusieurs reprises dans le roman. Le soleil symbolise la vie et le bonheur, et émet sa propre lumière, tandis que la lune ne peut que refléter la lumière du soleil et est plus difficile à voir car elle est entourée d'obscurité et de mystère. C'est pourquoi elle est souvent présente dans les scènes mettant en scène Woland. Contrairement au soleil, la lumière de la lune n'est pas claire mais déformée. Cependant, dans le roman, le soleil est parfois trop brillant pour son propre bien, et nuit à Yeshoua et Pilate. Cela signifie qu'il a besoin de son pendant d'obscurité et l'ombre.

Finalement, Bulgakov semble suggérer que le mal est impossible à nier dans un monde comme le nôtre, qui est rempli de souffrance et d'injustice. Tous les humains, y compris Pilate et Yeshoua, portent en eux à la fois la lumière et les ténèbres, ce qui reflète leur condition d'enfants de Dieu qui ont été irrévocablement corrompus par le péché originel.

Défauts humains

Un motif récurrent tout au long du roman est le tourment continuel que Woland et ses disciples infligent aux habitants de Moscou. Cependant, cela ne signifie pas que ces citoyens sont nécessairement de bonnes personnes ou de malheureuses victimes ; comme nous le voyons, le Diable a ses raisons de les soumettre à ce traitement.

Par exemple, Woland et sa suite s'en prennent aux opportunistes avides : dans de multiples épisodes, ils leur proposent des pots-de-vin pour obtenir ce qu'ils veulent, avant de leur tendre un piège qui leur vaut des ennuis avec leurs employeurs ou la police. De même, ils punissent les personnes vaniteuses et superficielles en leur offrant des vêtements somptueux qui s'évanouissent ensuite dans la nature.

En ce sens, le Diable est semblable à Dieu, qui dispose également d'une longue liste d'interdictions et punit ceux qui n'obéissent pas. La différence entre les deux personnages est que Dieu ressent une véritable colère et une déception, tandis que Woland et ses disciples prennent un grand plaisir à infliger des punitions et à semer le chaos et le désordre.

Vérité et liberté spirituelle

Comme nous avons déjà mentionné, Yeshoua symbolise la liberté pour Bulgakov. Pendant sa vie, il n'a jamais eu peur de s'opposer aux croyances et aux valeurs établies ou de s'opposer aux puissants, et a enseigné aux gens qu'ils ne devaient pas vivre comme des esclaves. Il n'a jamais abandonné ou renoncé à ses croyances et était prêt à mourir pour elles, ce qui les rendait assez puissantes pour continuer à vivre après sa mort.

Bulgakov a beaucoup admiré ces qualités, car lui aussi a été ostracisé et rejeté et s'est senti incompris par ses concitoyens. Son travail a été durement jugé et censuré pour ne pas se conformer aux attentes de son temps, et nous pouvons être certains que *Le Maître et Marguerite aurait* rencontré l'hostilité s'il avait été publié pendant sa vie.

Au fond, ce roman est une ode à la liberté de création, et ses fils narratifs disparates mais interconnectés, ses critiques teintées d'humour, ses conversations et réflexions profondes sur la vie, son histoire d'amour teintée de fantaisie et son exploration des questions religieuses reflètent l'ouverture d'esprit de son auteur et nous incitent à réfléchir à la nature et au sens de la liberté.

Malgré les restrictions qui ont été placées sur la liberté créative de Bulgakov par les autorités soviétiques, son refus de fermer son esprit aux questions philosophiques a signifié que son travail a survécu le passage du temps et les tentatives de le détruire pour nous atteindre des décennies plus tard.

POURSUITE DE LA RÉFLEXION

QUELQUES QUESTIONS À MÉDITER...

- Dans quel genre classeriez-vous ce roman ?
- Comment le roman dépeint-il la relation entre le bien et le mal ?
- Quels éléments du roman suggèrent qu'il s'agit d'une parodie de la Russie des années 30 ?
- Quel rôle joue l'histoire de Ponce Pilate dans le roman ?
- Pourquoi pensez-vous que le Diable choisit d'être gentil avec le Maître et Marguerite plutôt qu'avec n'importe qui d'autre ?
- Pour Bulgakov, qu'est-ce qui constitue la liberté spirituelle ?
- Citez au moins trois éléments du roman qui auraient été considérés comme novateurs, même dans les années 1960, plusieurs décennies après sa création.
- Le roman est-il toujours pertinent pour la société contemporaine ? De quelle manière ?

AUTRES LECTURES

EDITION DE RÉFÉRENCE

* Bulgakov, M. (2010) *Le Maître et Marguerite*. Londres: Vintage.

ÉTUDES DE RÉFÉRENCE

* Ericson, E. E. (1974) The Satanic Incarnation: Parodie dans *Le Maître et Marguerite* de Bulgakov. *La Revue russe*. 33(1), pp. 20-36. [En ligne]. [Consulté le 20 avril 2018]. Disponible à partir de: < https://www.jstor.org/stable/127619?seq=1#page _ scan _ tab _ contents>
* Lakshin, V. (1996) Le roman de M. Bulgakov *Le Maître et Marguerite*. Dans: Weeks, L. ed. *Le Maître et Marguerite: A Critical Companion*. Evanston: Northwestern University Press.
* (Sans date) Satire ménippée. *Encyclopaedia Britannica*. [En ligne]. [Consulté le 23 avril 2018]. Disponible sur: < https://www.britannica.com/art/Menippean-satire>
* Proffer, E. (1996) *Le Maître et Marguerite:* Genre et Motif. Dans: Weeks, L. ed. *Le Maître et Marguerite: A Critical Companion*. Evanston: Northwestern University Press.

LECTURES RECOMMANDÉES

* Weeks, L. ed. (1996) *Le Maître et Marguerite: A Critical Companion*. Evanston: Northwestern University Press.

Votre avis nous intéresse !
Laissez un commentaire sur le site de votre librairie en ligne
et partagez vos coups de cœur sur les réseaux sociaux !

lePetitLittéraire.fr

- des analyses de livres
- des fiches de lectures
- des commentaires littéraires
- des questionnaires de lecture
- des résumés

Retrouvez
notre offre complète sur
lePetitLittéraire.fr

L'éditeur veille à la fiabilité des informations publiées,
lesquelles ne pourraient toutefois engager sa responsabilité.

© **LePetitLittéraire.fr, 2023. Tous droits réservés**

www.lepetitlitteraire.fr

ISBN version numérique : 9782808684224
ISBN version papier : 9782808685023
Dépôt légal : D/2023/12603/1002

Conception numérique : Primento,
le partenaire numérique des éditeurs.